소규모 팬클럽

서호준
1986년에 태어났다.
문학 플랫폼 '던전'을 운영하고 있다.
시집 『소규모 팬클럽』을 썼다.

파란시선 0066 소규모 팬클럽

1판 1쇄 펴낸날 2020년 9월 28일
지은이 서호준
디자인 최선영
인쇄인 (주)두경 정지오
펴낸이 채상우
펴낸곳 (주)함께하는출판그룹파란
등록번호 제2015-000068호
등록일자 2015년 9월 15일
주소 (10387) 경기도 고양시 일산서구 중앙로 1455 대우시티프라자 B1 202호
전화 031-919-4288
팩스 031-919-4287
모바일팩스 0504-441-3439
이메일 bookparan2015@hanmail.net

ⓒ서호준, 2020, printed in Seoul, Korea

ISBN 979-11-87756-78-1 03810

값 10,000원

소규모 팬클럽

서호준 시집

시인의 말

내일 만나자. 목요일에 만나자.
이런 말들은 먼 미래에 대한 약속 같다.

너는 또 말했다: 당분간 이걸 쓰고 다녀.
죽고 싶은 사람처럼 안 보일 거야.

고개를 돌리면 건물 몇과 북한산 자락이 있고
하늘이 희다.

차례

시인의 말

제1부
재정립 - 11
잔 - 12
투명한 머리 부분 - 14
망갈라 쨈과 머스킷 - 15
커브 온 더 락 - 16
레트로 - 18
카카오 - 21
집들이 - 22
피팅 룸 - 23
저수지 - 25
쌍옹 - 29
출장 - 30

제2부
예브게니 - 35
안전한 모험 - 36
소규모 팬클럽 - 37
들것에 실려 가는 것들 - 38
백야 - 40
마르코 마르코스 - 41
마가렛 시가렛 우울한 농담 - 44
여담도시 - 46
잭슨 콕 튜토리얼 - 48

광휘의 특이점 — 51

혼돈, 파괴, 망가 — 58

해안선 — 62

제3부

스크립트 — 65

정육 냉장고에 늘어선 검은 글자들 — 66

고블린 — 68

역사물리학 — 70

김수영 월드 — 72

부우 — 74

환희의 곳간에서 — 75

광역 — 77

망원 — 78

던전이 있던 자리 — 80

제국의 아이들 — 82

홉고블린 — 87

최선과 최후 — 89

제4부

어제는 — 93

그라운드 제로 — 94

지붕 산책 — 96

ㅕ름나무 — 98

비옥한 초승달 지대 — 100

말들과 — 103

리치 – 104

밀실산책 – 105

반얀 – 107

주인공 – 109

불가코프에게서 – 110

알공퀸 파크 – 111

해설

이수명 눈 속의 시체들―시 쓰기의 환영은 끝나지 않는다 – 113

제1부

재정립

관계가 깨질 것이다.

단서가 있다.
오래 가지고 있었다.

팥죽을 삼키려

사바시도에 갔다. 해수면이
머리가

발에 채여서
옥상에서

이상한 음악이 흘러나온다.

막

전단지를 뿌려야겠어요.

잔

    너는 잔을 너무 오래 쥐고 있었다. 잔은 떠올랐다가 쿵 떨어진다. 잔은 우리의 얼굴을 비추려 노력하고 있었다. 나는 조금 늦게 알아챘다. 우리는 서로의 얼굴을 바라보고 있다. 하지만 무엇을 위해서? 그러한 질문을 던지다 말았을 것이다. 새로운 맥주를 꺼내 잔을 채우면서. 아로마가 풍부하군, 잘될 거야, 덕담을 건네면서. 라벨을 들여다보았을 것이다. 부릅뜬 눈으로 한없이 작은 글자들을 읽어 내면서.

    잔은 고요한 지금이 끼어들 적기라고 생각했다. 우리의 몸은 슬픔으로 차 있는 것 같아서. 잔은 가득 찬 잔을 들었다. 흘려보내고 싶어. 그러자 모든 잔들이 일어선다. 잔은…… 주저했다. 생각을 멈추면 잠식당할 것 같았다. 그러나 잔은 생각을 멈추고, 다시 시작한다. 침묵을 뚫고 올라온 거품 더미에 대해서. 거품 더미는 무언가를 무마하고 있다. 무마하며 천천히 사라진다.

    너는 잔을 오래 쥐고 있었다. 이봐, 손이 떨리고 있어. 너는 잔을 세게 쥐고 있었다. 이봐, 손이 떨리고 있어. 너는 핏줄이 선 잔을 노려보고 있다. 이봐, 손이 떨리고 있어. 너는 양손으로 잔을 움켜쥔다. 이봐…… 내려놓을 수 없어, 아무것도.

투명한 머리 부분

비가 그치고
밖으로 나왔다.

무언가 마저 내리고 있었다.

수거함 아래 쌓인
우의를 주워다가

투명한 머리 부분을 만져 보고

심부름 가던 길을
돌아서 간다.

망갈라 쨈과 머스킷

비보이들이 모인 골목에서
모피 파는 남자를 만났다.

괴롭힘을 당했다고 했다.
주사기 가득 채웠다고

그건 상술이 분명했는데

형,
형들은 왜 아름답죠?

골목을 가두는 커다란 건물들,

마음만 먹으면
다
벗어날 수 있다고.

커브 온 더 락

꿈의 복판에 부패하는 새우들과 누워 있다
전복이 해파리처럼 몸을 부풀리는 것을 다 함께 보며
선생은 저 장면을 쓰라고 했다 죽음으로부터 달아나려는
그것은 색이나 모양 따위가 아니라고 단언했다 심해에서
빛을 보는 건 기적이라고
손에 잡히는 새우를 먹으라고 했다 날것 그대로 씹으면
기운이 솟아날 것이다
그는 위대한 물리학자이자 해양 생물에 조예가 깊은 독
신자
강림하면서
연단을 내려오지 않는다 물속에서도 파도를 느낄 수 있
습니다 그러나
그것은 파도가 거느린 수많은 하부 조항 중 하나겠지요
선생은 갑주를 나누어 준다 우리는 자발적으로 짝을 이
루고
투구 챙을 턱밑까지 끌어내린다
어육은 인간에 비해 결합조직이 적기에 사후경직 상태의
것이 맛이 좋습니다 하지만
만약에, 선생이 낮고 초조한 목소리로 말을 잇는다
상태라는 것이 모두 끝나 버린다면?

갑자기 꿈의 다른 국면이었고 나는 새우 무늬 해먹을 켜
고 있었다
똑같이 흔들리면서
태풍이 이 모든 것을 휩쓸어 가기를 갈구하고 있었는데
여기 이 자가 무덤을 연주한다!
뭍의 사람들이 모여들기 시작하고
사복을 입은 경찰도 뒤섞여 있다
이 꿈은 경과를 지켜봐도 알 수 없을 것이다

레트로

사랑을
사랑을

하얀 사과로 쓰다듬고
마음이 따가워지면 주먹밥 쌌어
아무 데서나 먹으려고

철로 지나 2층 건물의 내려앉은 간판을 반쯤 가리는 젖은 머리가 있었다 보려고 본 건 아니었지만 그가 먼저 날 보고 있었고 가까이 갈수록 눈을 부릅떴다 그렇게 큰 눈이라면 내가 잊으려 했던 목소리 말투까지도 넘치려는 물처럼 그렁거리잖아, 젖은 머리는 손수건을 요구했고 나는 가방을 통째로 넘겼다

죽고 싶다.
무엇을 죽고 싶습니까?
나를 죽고 싶다.

철로 지나 2층 건물 옥상에 드리워진 빨랫줄에 내가 디자인한 속옷들이 나란히 걸려 바람 아슬히 넘나들고 열차

는 꽤 오랫동안 정차해 있다가 마음을 다잡은 듯 하얀 콧
김을 내뿜으면서

　이제 어디에 살면 됩니까?
　젖은 머리가 포스터를 찢고 나오며 말한다.
　포스터는 1986년 잭슨 콕의 마지막 공연을 의미하는
것이었으며
　나는 거기 다녀왔다고 여기저기 자랑까지 했는데
　무엇을…… 양념 통을?
　아니 너랑 살면 힘든 일이 너무 많아 더는 같이하고 싶
지 않아
　그러니까, 묵혀 두었던 컵 홀더를?

　열차가 도착한 곳에는 환영 전단지가 널려 있었다
　한 장 집어 들고 보니
　예정보다 하루만 더 머무르면
　놀라운 일이 일어날 거라고
　제발 믿어 달라고

　사흘 차 아침,

나는 뿔이 잔뜩 달린 사슴 동상 앞에서
사진 찍어 줄 사람을 찾고 있었다.

카카오

청바지를 입다가
물에 빠졌지.

너는 그것도 잘 어울려.

가만히 라디오를 듣는다.
목소리를 듣는 거야.

운세를 받아 적고

멍청한 하루를 보내면
엉덩이에 꼬리가 자라서

누워 있다가

너는
돈을 많이 버는구나.

집들이

막 좋아하게 된 사람에게 갔다.

입으로
숨을 내쉬었다.

그 사람은 벽을 보았다.

못 뽑힌 자국으로
들어가고 있었다.

반려 생물들이
새까맣게 울고 있었다.

머리를 감지 못해
간지러웠다.

피팅 룸

이유 없이 슬픈데 너도 슬프대 배달 음식이 왔는데 랩
도 뜯지 않았어 한참 있다가 네가 말한다 걔는 예전에 죽
었잖아 그래서 그래 그래서

오늘은 참 맑구나 멀리까지 산책합시다 대롱거리는 머
리를 붙잡고 연못으로 들어간다
쇼와 시대의 마리모와 수심이 가득한 인면어들
각자의 약을 뻐끔거리다 삼켰지

찾으려면 찾을 수 있는 보물 지도를 안주머니에 넣어 둔
것 같은데
어떤 옷이었더라?

계좌의 남은 돈을 꺼내 쓰면서 식재료를 소분해 냉동
시키고
철 지난 물건을 사 모으는 재미가 있다
이사할 때 한꺼번에 버리곤 했지만
다 살자고 하는 짓인데

*

왜 슬픈지 알면
달라질 것 같아?

*

아무도 없는 쇼핑몰을 걷다가
아무도 사지 않을 주황색 레깅스를 만지다가
아무도 묻지 않았는데 그냥 입어 보기만 하는 거라고
아무도 보지 못하는 피팅 룸 안쪽으로 들어가
여긴 정말 아무도 없을 거야, 속삭이면서

저수지

중산 7년, 큰비 내렸다. 광록대부 영경의 진언으로 모든 토목공사가 중단되었다.

중산 9년, 국경의 변동이 있었다. 파도가 쉬이 물러가지 않았다. 표기 장군 우중이 일대의 백성을 그곳에 세웠다.

첨: 군이 주둔했던 일대에 국지적인 민란이 일어나자, 우중은 부장들을 불러 군적을 바꾸게 했다. 남은 옷을 바다에 띄워 보낸 것은 말할 것도 없다.

중산 13년, 신령이 임했다. 황제가 고개를 주억거렸다. 그해 여름, 천도했다. 어디로 천도했는지는 금문에 부쳐졌다. 피객패를 거는 것이 유행이 되었다.

밑도 끝도 없는 세기를 지나 발을 가진 뱀장어들이 부화했다 그들은 채 굳지 않은 발톱으로 서로의 아가미를 떼어내고 수원지를 지나 해산했다 터전을 마련할 때까지 방금의 일은 어디에서도 언급하지 말자고, 가악귀 몇이 나뭇잎의 무성함에 몸을 의탁한 채 가만히 지켜보았다

화룡 2년, 궐 가장 깊은 우물에서 낙인이 찍힌 설계도가 발견되었다.

화룡 3년, 황제가 붕어했다. 악공들이 뒤를 따랐다.

25

바랑이 무풍지대를 걸었다 내면의 소리에 귀 기울이면서
물놀이
물놀이해야 해

그러나 약속은 산보다 무겁습니다.

백발이 된 우중은 둑이 된, 한때 사람이었던 것들을 쓰
다듬으며 자신이 이들에게 그 어떤 언질도 주지 않았음을
부지불식 떠올렸다. 그런데 이 둑은 무엇을 기다리고 있
지? 그것은 서서히 허물어진다. 우중이 무풍지대를 세차
게 걷다가 넘어졌는데, 상처가 사라지고 있었다.

허망 32년
랴오둥에서 가장 아름다운 것은 무엇입니까?

관구검은 본래 영시성 사람으로 기골이 장대하고 키가
9척에 달했다. 또한 기마궁술에 능해 항시 수백 순의 화살
을 지니고 다녔다고 한다. 관구검은 자신의 시야에서 무언
가 빠르게 움직이는 것을 견딜 수 없어 했으므로 사람들은

그와 대면할 때 표정의 급격한 변화에 유의했다. 날짐승의 주검을 점선으로 이어 보면 그의 행로를 짐작할 수 있다.

서쪽으로
200리를 가면 옛 도읍이 있다. 그곳의
봉우리는 구름을 뚫고 이계까지 치솟아 있다.
산의 초엽에는 목이 부러진 해골이 즐비하다.
다시 북서쪽으로 300리를 가면 봉화대 터가 있다. 한때 이민족이 점령하여 그곳을 야영지로 사용했다. 작고 납작한 돌을 골라다가 물수제비를 날리기도 했다.

건양 원년, 상서로운 구름 흉이 머리를 빗었다. 가느다란 눈 내렸다. 늦가을, 매어 놓은 짐승이 매듭을 풀고 달아났다.
첨: 보시하는 자는 요참에 처한다는 공문이 내려졌고 온몸에 낙서를 한 보살들이 궐을 기웃거렸다.
건양 2년, 평온한 한 해

융희.

약속의 날, 익룡 떼가 천공을 뒤덮었다 그들이 부대끼는 소리에 병상의 원로들이 부들거리며 몸을 일으키고 물놀이 물놀이 나는 그들 중 하나를 부축하며 옷고름 매는 법을 눈여겨보았다 품위에는 오랜 시간이 필요했으므로 익룡들은 다음 도래지로 이동한 후였다 착색된 하늘에서 감흥 없는 햇살이 쏟아졌다

　다시는 지상의 일에 관여하지 않겠습니다.

　다섯 왕조를 견뎌 낸 궐은 더없이 고요했다. 아무 내색 없이
　8차선 도로가 흘러가고 있다.

쌍용

약 가루가 떨어지고 떨어지고 떨어지고

십자말풀이에 집중이 되지 않는다.
차라도 끓여 볼까

불타는 주전자를
만져 볼까

힘으로

우는 소리에 길들여졌다.
안 들리면

꿈에서 일어났던 일이라 여긴다.

출장

한 켤레의 팔이 다가온다. 입석밖에 없어 힘들었습니다. 벽에 기대고 있자니 자꾸 팔짱이 껴지더군요. 씨씨티비가 된 기분이었달까요. 나는 그가 말하려는 것을 떠올린다. 열차 밖에서. 열차는 칸마다 고유한 냄새를 지니고 있습니다. 그는 도시의 이름이 적힌 간판을 향해 팔을 흔들며 유일한 사람처럼 걸어왔을 것이다. 업무적으로. 여기는 부산이, 샌프란시스코가 아니다. 울란바토르도 아니다. 철새가 찾아드는 도시가 아니다. 고향이 서울이라는 말은 아무래도 이상하다. 그는 첫눈을 본 표정으로 내 손을 잡는다. 그러나 그가 나오는 대목은 더 넣지 않기로 한다. 대신, 그의 시체를 치우는 장면에서 이 이야기는 다시 시작한다. 시체 위에 눈이 고스란히 쌓여 그가 직접적으로 등장하지는 않는다. 다시. 나는 눈 무더기 앞에서 눈을 쓸고 있다. 동네에 이런 눈 무더기는 군데군데 있다. 배가 부른 흑곰은 남은 하반신을 눈 속에 파묻어 두고 새로운 먹이를 구하지 못할 때 다시 찾아온다. 어떻게 눈 무더기를 구별하는지는 알려진 바 없다. 어쩌면 흑곰은 지독한 시인일지도 모른다. 손을 놓은 우리는 우리의 눈 쌓인 시체일지도 모른다. 그러나 팔 톤짜리 제설차가 세상을 지배한다 해도 무너진 담장 앞에서, 바닥을 짚은 손가락 사이사

30

이의 눈 치우는 일은 끝나지 않을 것이다.

제2부

예브게니

그의 거처는 산 중턱에 있었다. 나는 인식될 수 있는 최소한의 형체만 갖추고 찾아갔다. 그는 이불 속에서 나를 맞이했다. 첫인상을 믿지 않는다고 했다. 나는 고개를 돌려 다른 이의 흔적을 살폈다. 주전자와 찻잔 하나, 입술을 댄 흔적도 하나. 깔끔하게 처리할 수 있을까? 기침 소리를 들으며 바람 쐬러 나갔다. 길을 따라 걸었는데 능선이 산을 허리띠처럼 동여매고 있었다. 몇 점의 운동기구에서는 사람들이 몸을 찢고 있었다. 부엌 불이 밝았다. 그는 물을 올려놓고 잠든 듯했다. 나는 망토를 벗어 신발 위에 포개 두었다.

안전한 모험

소파에게 양치질을 알려 줄까

머리에 모자를 이고
나와

못 보던 산이 생겼구나
잔뜩 껴입었구나

톡 쏘는 산을

천천히 내리고
아무 초인종이나 누른 다음

모두가 좋아할 만한 벌레를
한 아름
안고 왔어요.

소규모 팬클럽

　인공 산의 높이는 175미터 정도로 줄어 있었다. 우리는 뭉쳐 다니며 동상을 만졌다. 그거 만지면 안 돼요. 관리인이 코를 뿌리째 흔들며 말한다. 그는 월급을 모아 작은 마당이 딸린 집을 빌렸고, 마당에는 어디서나 잘 자라는 유카나무를 심었다. 볕이 든다. 동상은 한결같이 찡그리고 있었는데 물을 마시지 못해 바로 이 자리에서 죽었다고 적혀 있었다. 정말이에요? 우리 중 하나가 껌을 불며 묻는다. 그것까지는 잘 모르겠다고, 삽을 내려놓은 관리인이 말한다. 그의 모자 정중앙에는 낯익은 문양이 있었는데 딱 알아맞히기는 어려울 만큼 해진 채였다. 아무래도 좋았다. 우리는 인공 산의 공기를 전력으로 들이마셨다. 가슴이 볼록해졌다.

들것에 실려 가는 것들

　얼굴이 엉망이었다. 나는 들것을 쥔 두 사람 중 누가 힘을 줄이는지 보고 있었다. 머리 쪽이 낮아지면 발도 낮아지고 머리가 더 낮아지다가 마침내 바닥에 닿는다. 그들의 표정이 일그러진다. 하기 싫은 일인가요? 하도 해서 좀 질립니다. 그들은 다시 힘을 주었고, 마스크를 추켜올려 이야기는 대체로 인중을 떠돌았다.

*

　육교를 건너 인근 주택가로 들어선다.

　골목이 많다.

　메뉴가 하나뿐인 식당의 요리사는
매일매일 수백 그릇씩 만들겠지. 그러다 질려 버리면?
괜찮습니다. 다른 사람을 뽑으면 그만이니까요.

　빵을 자르고 그 위에 무언가를 얹어 먹는
식문화.

인근 주택가에도 있을 건 다 있다. 나는 이 동네가 처음이
지만
이 동네는 내가 낯설지 않다.

*

이삿짐을 실은 트럭이 덜덜 떨린다.
덜 묶인 것 같아.

이삿짐이 많은데 저희라도 내릴까요?

인부들이 거의 동시에 말한다.
굴러도 흠집이 나지 않으니까요.

나는 트럭을 세우고 그들을 꽉 묶는다.

그러나 트럭이 떠는 이유는 그런 게 아니라고 말하지
못한다.

백야

봄맞이축제가 한창이었다 봄이 오지 않았다

벚꽃축제가 한창이었다 벚꽃이 피지 않았다

도자기축제가 한창이었다 흙이 마르지 않았다

머드축제가 한창이었다 파도가 멈추지 않았다

철새축제가 한창이었다 철새가 모여들지 않았다

달무리축제가 한창이었다 우리는

잠들지 않았고

눈꽃축제가 한창이었다

눈꽃축제가 한창이었다

마르코 마르코스

세계 인류애의 날
종일 죽은 척하기로 했던 여나와 길에서 마주치고는
이것은 걷는 게 아니다
사는 게 아니다 이렇게
여나가 택시를 부르고 나는, 아니
마르코 마르코스는 여느 택시보다도 빠르게 도착하여
이곳에 있다 바람 부는 이곳에
록 시드 광장이었지 차를 대기 좋지는 않았어
그는 세 가지 위엄을 보유한 바
운전하는 자세가 좋지 못하다는 충고를
잠자코 들어야만 했다
택시 안에는 화분도 없이 식물이 자라고 있었는데
카펫을 뚫고 지붕도 뚫고
죽은 척한다 줄기를 만지면 만지지 말라고는 했지

인류 인류세계의 날
자리 없는 카페에서 만나
따뜻한 것을 권한다
커피콩을 직접 볶고 그것도 모자라
콩 심고 물도 주고 수확하는

그런데 한 가지 공정이 빠졌다
그 수고로움을 널리 알리지 않았다는 것
마르코 마르코스는 왜, 자신이 가장 잘할 수 있는 일이
직업이 될 수 없는지
—돈을 세고 액수를 확인하지 않는 일
—손을 깨끗이 씻고 수건으로 확실히 닦은 뒤 어떤 속
셈인지 물어봐 주는 일
노동 표준 분류표에 따르면
사랑에 속하는 행동은 직업으로 인정하지 않는다고 한다
그 말을 믿지 않았으므로
돈 또한 받을 수 없었다
그렇기에 죽은 척했다
부의금을 받고, 그러나 받아줄 사람이 필요하고
이 죽음을 알려 줄 사람이 필요하고
그러므로 하나의 팀이 필요했다

그래서 여나는, 인류는,
나, 마르코 마르코스는
각자 잘하는 일을 하자, 말하고
다 함께 죽은 척하고 있다가

왜 아무 일도 생기지 않지? 하면서 자세를 고쳐 눕고
역시나 돈을 버는 것은 어려운 일이다
세계에서 제일 어려운 일이다
왜냐면 무슨 얘기를 해도 결국엔 돈 버는 얘기를 하게 되고
그것이 어려운 일임을 끄덕거리며
그것이 어려운 일임을 부정하는 자를 추궁하며
지갑을 열게 만들었는데
거기 우리 함께 찍은 사진이 들어 있던 것이다

마르코 마르코스의 날,
마르코 마르코스는 택시를 몰고 나타나
약국에 들러
음악을 틀고 나왔다

마가렛 시가렛 우울한 농담

성문을 닫으려던 자한은 뒤로 몇 발자국 물러나
저는 틀렸어요, 머리가 돌아가지 않습니다
어류들이 몰려와 안개를 지핀다
같은 말을 다르게 소급 적용하며
어휘가 다양할수록 우리는 각자 고유해질 것이다
그런데 무엇을 위해서?
참 조용한 성이었지 그건 그렇고
말릉의 오래된 여인숙에 묵었을 때
좀비물을 떠올리다가
멀리까지 밤산책 갔어
두서없이 갔으므로 빛을 따라 가장 번화한 곳
민크스의 유서 깊은 회랑으로 들어섰다
몇몇이 중요한 포커를 치고 있었으므로 테이블과 테이블
사이를 스치지 않게 지나가야지
자한은 아이를 데려왔는데 손을 꼭 쥐고 있습니다
아이도 힘을 주고 있는 걸까? 빗물펌프장에
방류 견학 가겠다 연락하고 아무도 오지 않은 거야
나는 자한에게 수단 방법 가리지 말라는 이야기를 했던
것 같다
꼭 널리 퍼트려 달라고도

아이는 머리가 아프다 했다 한꺼번에 많은 걸 봐서
핏기 없는 손을 펴 바다사자 바다표범 찾았다
그들은 공동체를 표방하고 있었다 어디까지 경험담이니
아이는 내가 나오는 부분이 제일 재미가 없다고
첫 챕터부터 다시 시작하잔다 깨어난 우리 성내에서 조식
먹는다
성은 돔이 씌워져 있고 지반 또한 피조물로 채웠다
자한은 머리가 어떻게 됐지만 늘 하던 일은 하고 있다
안전한 밭에서 작년에 먹은 농작물이 자라난다
성직자가 축복을 전하며 신께도 한 말씀 올리고 있다

연담도시

풍선에 갇힌다는 사실이 가능할까요?

그 목소리를 알아요
나쁜 말을 들은 컵이 쓸려 가는 물결을 만듭니까

누군가 같은 자세에서 또 같은 자세로 움직이고
한자리에 모인 우리들 그것을 따라 하다가

놀라운 지점에 서 있지
꼼짝 말고 손들어

이걸 어떻게 해야 하나……
스피커에선 수줍은 구렁이

우리를 보면서 저쪽을 가리키고 있습니다
같은 자세에서 또 같은 자세로
가엾고 힘차게

시내에서 가장 큰 자연사박물관에 갔을 때의
일입니다

여기는 자연사한 거 없어요

없어

숨도 쉬지 않았는데요

잭슨 콕 튜토리얼

슬픔의 왕을 죽이고 기쁨을 얻었다
잭슨 콕의 시대다
기쁨의 해장 라면 세트를
통째로 먹었다 눈치 안 보고
잭슨 콕이 계산해 줄 거예요
그렇게 말하고 여관을 빠져나왔다

시계탑은 어디 있지
광장 가득한 잭슨 콕의 깃발
한쪽은 찬탈자 잭슨 콕
다른 쪽은 해방자 잭슨 콕을 외치며
함께 기쁨을 누리고
소리 지르는 게 이렇게 황홀할 줄이야

밀론 강 근처의 구두 수선소를 전부 뒤지고서야
변장한 잭슨 콕을 찾아냈다
그러나 아직 해결할 일이 남았다고 했다
며칠 잠을 못 잤고
피 묻은 옷을 빨지 못했으며
무엇보다도 왜 자신이 아직도 슬픈지

이렇게나 슬픈데 자꾸만 잠이 쏟아지는지

나는 성으로 돌아가 방을 돌아다니며
수도꼭지를 틀었다
무엇이 나오는지는 중요하지 않았다
왕의 초상화가 군데군데 걸려 있었는데
전부 표정이 달랐다
이 사실을 전해야겠어
착수금을 올려 받을 수 있겠지

계절이 조금씩 길어졌다
떠돌이 의사와 내기 빙고를 하는데
말끝마다 잭슨 콕은, 잭슨 콕은, 하기에
그렇게 좋냐고
그러자 정색하며 아니라고
그 정도까지는 원치 않을 거라고

기념일이 되어 나는
필드의 우체통을 전부 뒤졌지만
잭슨 콕은 없었다 이번엔 무엇으로 변장한 걸까 밥은

잘 먹고 다니나
　쓸데없는 걱정까지 생기는 걸 보니
　은퇴할 때가 다 되었군

　왕을 완전히 잊어버린 사람은
　자식을 낳아도 성을 붙이지 않았다
　그건 그렇고
　마르테유 묘지에 벌집형 무덤이 둘 있다던데
　자네 솜씨라면야

광휘의 특이점

산장에서 목장으로
늑대를 달리자

도망가는 양떼구름을 뜯어 먹고
먹색 젖 입에 물면
우려낸 약재가 숨에 퍼지겠지

데굴데굴 굴러도 좋아
잠깐 죽어도 좋아
눈뜨면 해변
파도

바지가 발목까지 내려와
섬이었을까
기억나진 않지만

.

대관식을 기다리는 오빠가
손 놔주지 않네

숙부는 목 잘려 죽었고
대공은 훨훨 불탔지
그때 재를 많이 마신 우리

재채기할 때마다 조금씩
영혼이 빠져나간다는 말씀에

개미굴을 보고 싶다고 몰래 나가서는
개미 떼 이끌고 와 버려

어떡하면 좋겠냐고,
듣고 있냐고

·

여기서부터 천둥의 땅
포진을 거두고
흰 말의 갈기를 쓸어 올리며

리안(*rien*)의 병사들이여,
뒷걸음질 치지 말지어다!

함성과 들끓는 먼지
투구와 함께 떨어지는
알 수 없는 머리

숲은 화염에 휩싸이고
멀리서 맴도는 까마귀 떼

그러나 구유에 납작 엎드린 채
이 모든 것이
대장간의 사소한 축젯날인 것처럼

익숙한 노랫가락과
쇳물의 온기를 느끼며

.

오빠, 빛불이 뭔지 알아? 뺨을 쓰다듬어야 알아보던 암

흑시대가 있었대. 지금 우리처럼? 우리는 말이라도 하잖아. 어떻게 그렇게 살았대? 모두가 살았대. 아무도 죽이지 않았으니까. 심해어는 사냥을 하지 않는다는 이야기를 들은 적 있어. 바닥에 온전히 가라앉은 것만 먹는다고,

　손가락으로 무언가 그리는 흙 소리가 들리고

　그럼 빛불은 뭐야? 태초의 불꽃이래. 그리고 그걸 본 사람들은 눈이 멀어 버렸대. 보자마자? 응, 보자마자. 놀랄 틈도 없이,

　그때부터 말씀이 시작됐구나

　그때부터 오빠는 말이 없었고
　몇 천 개의 대낮이 우리를 지나쳤는지 모르는 채

　마지막 불꽃도 빛불일까? 하는 물음을
　잿더미 속에 꾹꾹 눌러 담았다

　　.

기마대가 지나가고
깃발과 시체와
부러진 활

기마대가 오래전에 지나가고
희고 바랜 말 하나
돌아와서

안장 자국에 쏟아지는 빛

.

침묵의 왕은
그늘 속을 살았네

뺨이 갈라진 거북처럼
얼굴을 숨기고

리안의 전 백성이

문득 텅 빈 거리를 걷다가
가사 없는 콧노래를
흥얼거리며

왕이 있는지 없었는지
아무도 모르는 채

.

제단 앞에 무릎 꿇어
머리 위 창백한 손 얹히면
푸르고
희고

그러나 성으로 돌아와
침실 가장 넓은 벽, 거인의
벗은 뒷모습
식별할 수 있는 모든 빛이 사라질 때까지 보고

불현듯 잠에서 깨어나면

흰 투구를 벗는 것만 같았다.

●Lux, 「League of Legends」.

혼돈, 파괴, 망가

지구가 조금 부서졌다. 지구는 아프지 않았다. 바다가
차오른다.

그는 열탕에 팔 하나를 넣어 본다. 열탕이 끓는 소리를
낸다. 그는 그것을 단숨에 들이킨다. 환생을 믿지 않는다.

고생대는 산소가 풍부해 모든 생물이 거대하였습니다.

그는 하루 종일 숨 쉬는 상상을 한다. 몸이 터질 때까지
숨 내쉬지 않을 거야.

그러나 모락모락 김이 솟는 팔을 보며 식욕을 느낀다.
모든 것이 울창하고

조금 부서진다.

센세, 나는 그런 말을 들었어요. 센세가 죽어 가고 있을
때 무얼 하고 있었냐고. 센세가 한잔 더 하랄 때도 그냥 듣
고만 있었어요. 내가 다 알아서 하겠다고, 이런 세상 같은
건 몰라도 괜찮다고…… 그 말을 듣고 놓았어요. 내가요.
센세, 센세가 버스 뒷좌석에서 다 사라져 없어져야 한다
고, 팔을 가슴께까지 휘두르면서 닿았나 확인하지 않는 순
간에도, 버스가 산울림 언덕을 지나 홍대 쪽으로 겨우 흘
러내리고 있을 때에도…… 센세라 불러 주면 뭐든 다 한
다고 했죠. 그러니까 당장 튀어나와 이 좆새끼야. 너는 죽

어 가면서도 조금 더 죽어 본다, 하고 말했지. 나한테 들릴까 봐 정말로 죽어 가는 목소리로, 하지만 열락에 겨운 센치하고 역겨운 목소리로……

겨울 비닐봉지가 무리 지어 날아가고
존 코너가 그것을 뒤쫓고 있다.

비닐은 중첩되지 않아.
비닐은 감쌀 뿐
비닐은 늘어져도 좋다.

존 코너의 머리 가죽이 뒤죽박죽되고 있다.

*

시급 팔백 엔을 받을 때, 나는 하이바루의 한 소극장에 있었다. 그녀는 오늘의 첫 손님이었다. 그녀의 이름은 아키호였는데 모두가 그녀를 아키코라고 불렀다. 이곳은 언제 무너져도 이상하지 않겠군요. 아키코는 다른 것은 알고 싶지 않다는 듯 텅 빈 극장 맨 뒤에 서서 배우들의 풀죽은 몸짓을 따라 했다. 대사라고는 몇 마디뿐이었다.

　　나는 망해 버릴 것이다 운이 좋아도 나는
　　망해 버릴 것

　　조금은 부서져도 괜찮아. 잭슨 콕은 건담의 팔 부분을
쥐며 말했다. 팔 끝에는 손이 있고, 손에는 잭슨 콕이 쥐어
져 있고. 조금은 부서져도 괜찮아. 잭슨 콕은 팔을 잡으며
말했다. 팔 끝에는 손이 있고, 손에는 잭슨 콕이 쥐어져 있
고. 조금은 부서져도 괜찮다고 잭슨 콕이 말한다. 마이크.
마이크. 우리는 사랑싸움을 했을 뿐입니다.

　　지구는 그렇게 말하고
　　지구를 종일
　　하루는 그렇게 말하고
　　하루는 종일 죽을 궁리만 하다가
　　견고한 코트에서 팔
　　하나 꺼내어
　　산맥은 우리의 절단면을 어떻게 감추는지?

　그저 아무렇게나 움직이고 있었는데, 궤도에 진입했다는 메시지를 받았다. 진심으로 축하해. 네가 그럴 줄 알았어. 나는 막살겠다는 결심의 끝이 이런 것이었는지 의아했다. 나는 막살겠다는 결심을 막 끝낸 차였다. 정말 축하해. 결국 해낼 줄 알았어. 나는 돌고 있었다. 아니, 대답하지 마.

　나의 고향에는 아무도 살지 않는다. 고향은 조금 부서졌고, 인정 넘치는 동네였다.

해안선

　귀 한 짝이 파도 소리를 되풀이하며 듣고 있었다 4미터
짜리 겨울이 지나갔다

제3부

스크립트

그대 や 알고 있다. 나도 몰라.

It's time for you to say this word.

당신이 이 말을 할 때입니다.

You are going to do this word.

당신은 이 말을 할 것입니다.

You know me. I do not understand.

네가나들아요。모르.다。

Oh, you know me, do not know.

나는 그가 무슨 말을 하는지 모른다.

I do not know what he is saying.

너는 이 말을 할 거야.

You will say this.

너 나 알지. 나도 몰라.

You know me. I do not know.

네가 나 알아요. 모르겠다.

I do not know what you are talking about.

네가 무슨 말하는지 모르겠다.

I don't know what you're talking about.

당신이 무슨 말을 하는지 모르겠습니다.

정육 냉장고에 늘어선 검은 글자들

망막 신경섬유는 처음 본 것을 식용과 식용이 아닌 것으로 구분하여 뇌로 전달한다. 십 년 만에 만난 K는 너 원래 이렇게 생겼었냐고 말했다. 우리는 줄기차게 악수를 했고 힘을 주자 K의 손이 뽑혔으며 나는 그 손을 놓을 수 없었다. 우리는 막차 시간까지 함께 있었다. 다음에 만날 때 달라고 했다. 그러나 도어가 닫히는 순간 K는 다음이 있다면, 하고 중얼거린 것 같았다.

냉장고를 열어 한가득 채운다. 이것은 물이다. 그러면 이것은 컵이다. 나는 K의 손을 쥐고 있었다. 원래 이렇게 차가웠나? 미지근했나? K는 피로한 듯 손가락을 쭉 펼쳤다가 스르르 힘을 풀었다. 욕조에서는 거품이 피어올랐다. 나는 몸을 담갔다가…… 뺀다. 왜 이렇게까지 망설여야 하는지 알 수 없었지만, 알 수 없다는 것만으로도 큰 혜택을 받고 있는 것 같았다. 터진 거품은 징그러운 액체로 흘러내렸다. 나는 단면을 보지 않았다.

K를 다시 만난 건 먼 미래의 일이다.

나는 꼬치 하나를 물고

66

반질반질한 입술이 되어

K의 짐 가방이 반대쪽 어깨에 걸려 있는 것을
헤어질 때까지 생각하다가

고블린

말하면 천천히 이루어지는 늪에 갔다
말하면 쏟아지는 재채기와 함께

늪은 묽었고
우리 저지대의 인간들은
주머니 없는 외투를 나뭇가지에 걸어 두었지
외투가 대신 생각할 것입니다
그러나 그것이 원하는 것이 있다면

저는 이번 주 토요일 일요일 근무
점심은 시켜 먹을 예정

같은 주문을 외운다
반드시 이루어지도록

말하면 줄초상이 나는 흉가에 갔다 거기 자리 잡고 있던
젖은 풀과 늙은 거미들
저는 현장에 없었습니다
우리는 나를 가릴 때 쓰는 말 그러니까
우리끼리 하는 소리

펌프된 물을 마셨지 이 집 물맛 좋구나 하면서
잘못된 것 같지만 생각하지 않기로 했다
너 계속 그렇게 앉아 있다가는 등받이가 부러져 허리가
꺾인 채 죽음을 맞이할 것이다
응 나는 갑자기 죽겠지
틈틈이 슬퍼하고 있어

우연히 기뻐하는 순간을 놓쳐 버리려고
말하는 늪……은 말하지 않으려 애쓴다
속이 부글거려
이 사람은 자신을 모험가라 칭하고 있다
소련에 갔었던 이야기를 해 줄까
소련 출신의 늪……

너는 어쩜 너밖에 모르니
이리 와 업어 줄게
착하지

역사물리학

　역사물리학을 공부하겠다고 찾아온 학생이 노크도 하지 않고 들어왔다 문 앞에 서는 것만으로 첫 번째 문이 열리자 무심결에 문턱을 넘었다 연구실은 역사물리학 서적과 실험체들로 가득해 철골을 헤치며 걸어야 했다

　나를 극존칭으로 부르는 것 같았는데 동시에 역사물리학이라고 또박또박 발음하기도 했다 가동 중이던 시설이 정지하자 학생은 두 번째 문이 불안정하게 부유하고 있다는 사실을 믿음으로 메우려 노력했다 그것 역시 느껴졌다

　학생은 대체 어떻게 이 문을 열 수 있는지 물었고 나는 어떤 원리로 여는 것을 선호하느냐 되물었다 손을 흔들자 문이 열렸고 학생이 들어가려 하자 순식간에 문이 닫혔다 오늘은 여기까지 하죠

　그러나 학생은 입술을 문 채 스프린트를 반복했다 주기가 짧아지고 있었다 김이 모락모락 솟았고 과부하로 스파크가 튀었으며 문은 불타올라 곧바로 전소되었다

　몰아쉬는 숨소리와 날아오른 재가 연구실을 망연자실

뒤덮었다 이것도 실험의 일부입니까 학생은 잿빛 표정으로 노려보며 말했다 나는 모니터에 내려앉은 학생의 파편을 털어 내고만 있었다 묵직한 경보음이 짧은 주기로 울려 퍼졌다

김수영 월드

그럴싸한 계획이 있었다
처맞기 전까지는

작업장을 폭파시키기로 했지만
그러려니 했다

함바집은 인부들로 북적이고
전부 김수영이었다 김수영 차림으로 김수영 말을 하고
밥주걱으로 밥을 퍼 가며

신나는 일 없지
맑은 날은 불길하고

사랑에 관한 이야기를 나누고 있다
김수영끼리

잿더미 위에서
삽바를 나누어 잡는다

구경 시간 잘 가네

바람아 먼지야 풀아

통인시장까지 걸어서 갔다
하루 가고 매일 갔다

●Everyone has a plan until they get punched in the mouth:
Mike Tyson.

부우

　눈 덮인 천막 아래 잠을 설친 코끼리가 무심코 앞발을 들어 올렸다가 천천히 내디딘다 나도 네 등에 타고 싶은데 덥수룩한 건초 더미에서 잠이나 자고 있으니 클 턱이 있나 그러나 얕게 부푸는 흉곽을 보며 나쁜 생각은 그만두기로 한다 이 작은 몸에 채찍을 대다니 조련사 시절도 떠오르고 숨어서 야금야금 먹어 치우던 소극장 그땐 왜 그렇게 배가 고팠나 몰라 천막이 무너지던 날, 등을 잘도 내주던 부우는 큰 귀를 흔들며 사람들 사이를 달렸다 점점 작아진다 지금 이 녀석처럼 말이지 천막이 부풀어 오르고 부우는 코끼리 시절 꾸었던 꿈을 또 꾼 듯 벙벙하게 건초 더미를 바라본다 건초 더미가 활활 불타고 있다 다행이야 이 많은 걸 다 먹지 않아도 된다니

환희의 곳간에서

환희의 곳간에서 나는
쌀 흘리고 있었네
그와 눈 마주쳤네
수십 가마니를 이고
눈 마주쳤네
?
빛이 새어 든 틈을 막으려
전력 질주하기를 삼 년
?
그리고 등을 맞댄 채
떠올린다
대단한 마력이 깃든 호롱불이야
듣기 좋은 소리였는데 어느새 정신이 이상해져
저 갑옷 입은 동상들은 화들짝 놀라지도 않지
?
발자국이 있어, 누군가 왔었나 봐……
어디로 이어지는 걸까
?
얼어붙은 문 앞에서 잠든
털모자를 벗겼네

눈 마주쳤네 그는

더 멀리 가지 말라는 듯

가든의 무성한 곳을 가리키고

가마니가 쪼그라들 때까지

눈매가 얌전해질 때까지

텅 빈 부엉이처럼

부는 바람

●모바일 게임 「해리 포터: 호그와트 미스테리」의 이벤트 스크립트를 일부 가져왔다. 어느 대목이었는지는 확인할 수 없다. 이벤트가 끝나 버렸기 때문에. Skip.

Tsy fantatro izay lazainao

هز هن پوهيردِم چ چ سات وس غخ هخ خربهۍ کوئ

Ma ei tea, millest sa räägid

ਮੈਂ ਨਹੀਂ ਜਾਣਦਾ ਕਿ ਤੁਸੀਂ ਕਿਸ ਬਾਰੇ ਗੱਲ ਕਰ ਰਹੇ ਹੋ.

Sijui unayozungumzia

Ma nafx x'qed titkellem

Мен сіз туралы не айтқанын білмеймін

Chan eil fhios 'am dè a tha thu a' bruidhinn

Ez dakit zer ari zaren ari

Ez nizanim ku hûn li ser dipeyivin

আমি জানিনা তুমি কি বলছ?

ញុំមិនដឹងថា + នកំពុងនិយាយអ្វី + វៀតា

Сиз мындай көйгөйлөр бар экенин мен билбейм

من نمی دانم که شما در مورد صحبت صحبت می کنید

Ég veit ekki hvað þú ert að tala um

Aku ora ngerti apa sing sampeyan gunakake

Unë nuk e di se për çfarë po flisni

Ma aqaano waxa aad ka hadlaysid

망원

제발 여기서 멈춰 달라는 기도가
선로를 앞질러 간다. 열차는 따라오다가 말고
쏟아 낸다. 턱이 뻐근할 만큼
인간은 너무 많다. 이빨은 몰려다닌다. 일곱 살에도
토끼를 세어 본 적 있다. 셀수록 불어나서
우리를 세게 닫고 시장으로 달려가
바구니 속 두리안을 만지작거렸다. 손이 퉁퉁 부어
장난감 칼로 물집을 찌르면 아빠도 울었다. 나쁜 거야.
일곱 살은 계속될 것만 같았고
일곱 살 예감은 그대로였다. 화장을 배웠다, 눈을 그렸다.
눈이 보기 좋다는 말은 이상했지만
감으면 더 깊숙하게 감을 수 있었다. 모처럼 휴일이야.
그럼 된 거야.
아빠는 흠집 난 렌터카를 받고 아무 말 못 했는데
앉아서 갔다. 너무 많이 달리지 말라기에
알았다고는 했다. 주차했다. 수염을 감출 수 없었다.
오솔길은 나란히 걷는 길이 아니었다. 따라오다가 멈
추고
비니를 벗은 천사가 흉터를 보여 주면서
살아 있을 때 잘하라고 했다. 그러나 잘 사는 게 뭔지는

여전히 모르겠다고

샘물을 퍼 올리며 시원할 거라고 했다. 누가 먼저 맛볼지
우리는 정하지 못했다. 열차가 다가오는 동안
남은 젤리를 입에 털어 우물거리고 있었다.

던전이 있던 자리

호스를 이리 끼웠다 저리 끼웠다 하다가
여름이 오고
또 어느 순간 물이 뿜어져 나왔다 물줄기가 대단했는데
사 먹는 물만 못했다 여름이 생수병에 담겨 왔고
어느 그늘진 자리에 묶음 비치되어
꼭 한 번은 들여다보게 만들었다

장바구니 더 가져올까?
할인 매대 깊숙이 손 넣었는데
거기서 뭐가 잡힐지 몰랐고
계속 모르고 싶구나
그러나 말과는 달리 헤집고 있었고 거의 손에 쥐었고
땀범벅이 되어 도망쳤지

사랑했어?
아마도?

막상 도망치기 시작하니 할 수 있는 일이 별로 없었고
배고프고
손을 어떻게 두어야 할지 감이 잡히지 않아

일단 좀 잤다
여섯 시쯤의 일이다

약속 장소로 가는 길은 후미진 골목을 돌아야 하는데
사람들이 둥근 얼굴로 검문당하고 있었다
아무렇지도 않아 했다
게스 후 아이 엠이라고 했다
분수광장에 사람이라곤 나
하나밖에 없었다
숨어서
보고 있었다

제국의 아이들

안녕
난 톰이야
나는 메를린이야
그럼 난 셰이야
난 아직 없어
뭐라고 불러 줄까?
나
그럼 난 셰이야
난 톰
메린
시스터즈!
애들 아 조용 좀 해 잘 안 들리 잖 니

마련해 준 협회 분들에게 감사를 표하며……

저 사람은 왜 대머리야?
너도 대머리잖아
나 아직 안 자라 거고
안 자랄걸?

셔럽

진짜야 안 자랄 거야

너도

응 나도

그럼 좋아

근데 이거 언제 끝나지

너 톰이야?

잘 생각해 봐

그게 중요해?

좀 전엔 중요했어

쉿!

군대가 돌아왔다

그러거나 말거나

승전가의 가사를 까먹어 흥얼거렸다

그러거나 말거나

행렬은 끝이 보이지 않았다

그러거나 말거나

이미 봤던 장면은 채널 돌려 버렸다
아무렴
재수가 없으려니……

이봐
의심을 늘리지 말고 믿음을 줄이라구
몸집 줄여 가며 얼음을 지속하는 얼음처럼
갑자기 그게 무슨 말이야
빙수 먹고 싶다며
왜 말을 그렇게 해?
빙수는 빙빙 돌려 가며 깎는 거야
아프겠다
마취부터 한대
소름 끼치겠다
그런 말 많이 들었어

그래그래그래

그래그래그래

아는 얼굴을 전부 떠올려 본다 오백
마흔?
여
섯

개……

종로에 술집이나 차릴 걸 그랬어

홉고블린

거리로 쏟아지는 홉고블린
보려, 아이들 담장에 고개 내민다
과일이 저렇게나 많구나, 침 흘리며
넘어갈까? 떨어질까?
벗기기 까다롭게도 생겼지

싫은 마음이 있다 아이에게는
함께 달리고 싶은 마음이

들어 봐
홉고블린은 다리가 짧으니까 잘 넘어지고
잘 일어나지롱

노사는 진각을 구사할 때 쿵 소리가 심하게 나는 걸 경
계하라고 했다 뇌진탕이 생긴다고

이종에 대한 상식 없이도
보면서 배우는 거야

이런 날도 있어야지 이런 날도 이런 날도 있어야지

그렇담 화가 난 얼굴!

가장 물컹한 담을 짚은 아이로부터
홉고블린이
구분되기 시작하고

아무렇게 아무렇게나 부르다가

놀라지 마
그 이름 전부 다 맞아

최선과 최후

　이것을 하나하나 읽어 볼 사람은 여기 적힌 사람들밖에 없을 것이다 블랙 머쉬룸 치콘타 상떼…… 뭐가 빠진 하나

　마왕은 불타지 않는다 구워지고 식을 것이다 마왕의 장례식장에 갔다 이계의 함에 쌓인 영혼들 한꺼번에 쏟아 낸 상주의 마룻바닥에서 누워도 누운 것 같지 않고 말해도 말한 것 같지 않네

　나오니 세상이 달라졌는데 내가 알던 세상은 연일 축제 중입니까
　◎ 자동 항로 폐쇄
　△ 현상 수배 전단지 회수
　□ 묵인한다
　그러면 나는 나의 대륙으로 서둘러 떠납시다

　다시. 이것을 꼼꼼히 들여다보면 비밀 상점의 위치를 짐작할 수 있고 거기서 밤새 술 마시고 쏟았지 흔들리는 배에서 할 말은 아니지만요
　다시. 거꾸로 자라는 나무 이야기를 해 드릴까 수억 년이 지나면 이 행성도 꼬치가 된답디다 당신은 용사였군요

연금을 수령하러 오셨습니까?

적의 이름, 적의 습성, 처참한 몰골, 적의 유언, 비가 온
다는 거야 만다는 거야

다시. 고딕 건축가들은 거기서 몇 걸음 더 나아갔다. 그
들은 기둥만을 고려하여 벽을 세웠다. 이 경우 지붕을 지
탱한다는 벽의 의무는 사라진다. 나는 아래로 뚫린 창에
무심코 머리를 집어넣다가 여기서 더 떨어질 바닥이 있
는지

괴롭군요
그러게요

젊은이들이 중얼거리고 늙은이들은 얼버무리지 야심가
의 의수와 이체된 힘

●돔형 아치를 지탱하려면 육중한 벽이 필요하다. (중략) 그들은 먼저
기둥만을 고려한 뒤에 벽을 세웠다. 마치 오늘날 마천루를 세울 때 철
골을 먼저 조립한 뒤 그 위에 벽을 덮는 것과 같다. 이 경우 벽은 지붕
을 지탱한다는 본래의 기능이 사라진다. 그래서 맨 위층부터 벽을 쌓
으면서 아래로 내려올 수도 있다. 고딕 건축가들의 목적이 달성되자
벽은 '창문을 끼우는 곳'으로 기능이 축소되었다. 외관상으로는 여전
히 벽처럼 보이시만 실은 창들에 불과해신 섯이나.: 헨느릭 빌렘 반
룬,『반 룬의 예술사』.

제4부

어제는

어딜

가지 못했다.
가려고 하지도 않았는데

광장에 있었다.
넓고 멀고 그런

등에
업혔는데

등이 텅 비어 있었다.

그라운드 제로

증강현실 군대가 쳐들어왔다 점령당한 시내는 곧 안정을
되찾았고 나는 개그 소재를 발굴하러 집을 나섰다

축제일처럼 환한, 새벽의 거리

벽마다 사람을 모집한다는 공고가 붙어 있었다

있는 그대로 말해 주셔야 합니다
제가 저를 고발했습니다

사슬에 감긴 채, 단상에 올라 남과 다름없는 무리를 향해
소리쳤지요

여지껏 옳지 못한 개그를 해 왔습니다
사죄합니다 반성합니다

조사관이 자리를 비웠을 때 목소리가 점차 줄어들었고
그 사실이 어쩐지 부끄러워
바지춤을 추스르고 있었는데

소년병이 마이크를 빼앗아 말한다 당신들 그리 잘났습니까 뭘 잘했다고 모여서 낄낄거리고 있어요 지금

그것은 성대모사처럼 들렸고
소년병이 신속히 끌어내려지는 것을 보며
이 전쟁은 어쩐지 길어질 것 같다는 생각

그러나 조사관은 심문을 처음부터 다시 진행해도 상관없다는 듯
볼펜을 굴려 대고

웃을 일보다
웃음을 참는 일이 많겠죠

공고에도 그렇게 적혀 있다

지붕 산책

다시는 볼 일 없다고 생각했던 자와 마주 앉아 있다
젓가락을 움직이면서
웬 놈이 사람들 귀에서 이어폰을 뽑아내고
수챗구멍에 오줌을 누고
한번 쳐다보니 계속 쳐다보게 되더군요
나는 마주친 그를 지나쳐 간다
배달 음식 전단이 손에 쥐어져 있고
축축하다
더 들어보세요『거의 모든 것의 역사』라는 책을 썼는데
『모든 것의 역사』로 번역되어 있었고
넘기면 찢어지는 재질이었습니다『거의 모든 것의 역사』
라는 책을
건성으로 대답하면 죽여 버릴 거야!
그러나 여태 아무 말 하지 않았고
그는 물에 타 먹는 술을 꺼내 온다
가게 문을 닫아 버리고는
몇몇 장면을 삭제하고 티브이에서는 최루탄 연기가
지도 밖으로 행군하고 있다
당신 뒷모습이 슬픈 건 지금 제가 슬프기 때문이겠죠
쥐면 깨지는 재질의 술병이 끊임없이 서빙되고

정확한 묘사가 완전한 망각을 가져오리라

술잔에는 그런 문구가 적혀 있다

담담하게 미치고 싶었습니다

미친 사람은 원래 담담합니다만

그는 분한 표정으로 철문을 열었고

깨진 술병, 눌어붙은 신문지, 스프링 단위로 해체된 침대

석상 하나가 배회한다 이리로 다가오고 있다

여러분, 내가 압니까?

내가 생각하는 소리를 들은 적 있습니까?

타일마다 돌부리가 박혀 있다

생각해 보세요, 모든 사물이 이름을 갖는다면

얼마나 끔찍하겠습니까?

석상의 입이 와드득 열린다

입 모양을 바꿔 가면서

풍선껌을 불면서

왜곡된 형상을

터트리면서

여름나무

여름에는 파자마를 사자 고쟁이를 사자
여름이니까
일단 나가야지

버팀목에 기대어 숨을 골랐는데
나시 입은 사내가 좌판을 쭉 펼치더니
등이 푸른 벌레들을 불러 모았다
나는 어느새 줄을 서고 있었는데
눈 밖에 나고 있었다

조금 더 둘러보고 오겠다고 다른 매장으로
가다가 주정뱅이 하나 보았고
주거니 받거니 하다 결국 아무것도 안 했는데
개운하게 일어났다
때마침 근교에 해변이 있는데
세상에서 제일 멋진 자기 무덤이
세척되고 있다고

내리면 폭발하는 차에서 내려 달리면 넘어지는 카펫을
달리다 집으면 부서지는 조가비도 집고 넘어지면 까지는

무릎도 감싸 쥐었는데

시간이 한꺼번에 갔다가 한꺼번에 돌아오고
ㅕ름나무는 그만 자라는 법을 몰라
그늘이 녹고
그늘크림은 입이 뭉툭한 벌레들을 불러 모으고

거기 서서 뭐 하는 거야,
물으면 딴생각했다고
그러면 이해했다

비옥한 초승달 지대

가연성 코트를 입고 집을 나선다. 불이 내리고 있었다.

메소포타미아의 비옥한 초승달 지대는 20,000년간의 경작을 이기지 못해 사막이 되었다. 사람들은 사막을 참지 못하고 떠났다. 비옥한 초승달 지대는 땅을 치며 후회했다. 진작 이렇게 할걸.

오후 네 시야. 밥때를 놓친 자들이 모여 머리를 긁는다. 지금 문 연 식당은 없을걸. 그들은 오후 여섯 시로 직행한다. 날이 새도록 밥을 먹는다. 맛을 느낄 수 없을 때까지

올해 서른넷? 그 나이면 뭐든 할 수 있어. 하지만 대표님, 저는 어깨가 너무 아파요. 어깨가 아픈데 출근을 하면 더 아파요.
어깨 없이 살아가는 사람들도 있어. 그렇게 말하며 대표는 손가락으로 어딘가를 가리켰는데 어깨가 튼튼한 덕에 아주 멀리까지 가리켰는데

십만 원만 빌려 달라던 친구가 혹시 오만 원 더 빌려줄 수 있겠냐고 했을 때, 나는 왜 거절했을까. 친구는 왜 뜸

도 들이지 않고 괜찮아, 고마워, 큰 목소리로 말했을까.

투표를 하러 간다. 사람 구실을 하러 줄을 서고 있다. 누군가 용지에 입술을 내밀며

이곳은 오랫동안 투표소로 사용되었고, 팔십 년 전에는 백화점이었으며. 한참 전에는 화전을 부치고 있었습니다. 그때 나는 마이너스 칠백삼십 살. 당신은?

불이 내리고 있다. 태울 수 있는 것은 태우고, 태울 수 없는 것은 미끼를 던져 가며 아득바득 불길이 번져 가고 있다.

보기 좋네요, 비행기 창을 내다보며 당신이 말한다. 나는 당신을 빤히 보려다가, 무심코 어깨에 손을 올릴 뻔하다가…… 여기 뭐가 많이 묻었습니다. 내가 묻힌 게 아니라요.

붓 끝으로 쓰다듬는 것만으로 뼈의 주인이 어떤 사람인지, 어떤 음식을 좋아했는지, 직업은 무엇이었고 누구를

사랑했는지 생생하게 떠올릴 수 있었지만

그것들을 전부 다 말하지는 않았다.

말들과

날들과 그걸 다 놓아 버린 주해 평원에서 석양에 흩날리는 풀씨들과 함께

사랑에 빠진 들소가 내달리고 있었다.

숨어서
보다가

빨래는 언제 마를까
생각하다가

리치

상황이 만들고 깨어난다 이곳에 자꾸 뭐가 많다 천 비엘슨이라 불렸던 독실한 병마개가 여름 난로 위로 솟아오른다 지난주와 다른 패턴으로 빨래를 널었던가요 새 비둘기가 송진 가루를 흘리며 슘 슘 무릎 꿇고 날아가고 그러다 쳐다보겠지 전면을 내비치지 말아요 한 주걱의 낭랑이여 눈알생물들이 눈동자로 굴러가면서 배경음 없음 식사량 적음 저기 이거 떨어뜨리셨어요 아 그거 쓰레기라 넣어 둔 건데 배차 간격이 참 길지요 목포 유달산에 갔을 때 김대중 배지 달고 있던 할아버지가 친구랑 같이 온 거냐고 이 산은 내가 많이 올라 봐서 잘 아는데 도대체 왜 그랬을까 그 친구랑은 이제 연락 안 해 첩첩이 대형 쓰레기봉투에서 온갖 상품의 포즈를 볼 것이다 나는 주섬거리며 들어갔지 라끄, 피르하마, 움카와 한숨 소리가 비슷했다 우리는 같은 액수의 수련회비를 챙겨 왔다 그리고 목요일 아빠의 코를 세모로 그리던…… 막 발사된 사랑한다는 말이 포물선을 그리며 날아가고 있습니다 내 것이 아닌 후식아 어서 날 성물함에서 꺼내 주라

밀실산책

그 애 손에 이끌려 교문을 빠져나와 잔다리길을 마구 걸었다 여기서 꺾어야 한다며 손바닥을 간지럽히는 손끝이 느껴지고

거리가 걷는 것 같아, 그러자 앞선 거리가 뒤돌아봐서 막힌 길이 되었다가 하나씩 모여들어 거리가 넓어지고 몇 번을 꺾어도 인대는 늘어났다 제자리로 돌아오는데

절대 놓지 마, 그 애가 말하니 거리를 둘러싼 건물들 삽시간에 촘촘해진다 모든 복도와 이어진 방에 사는 것도 나쁘지 않겠구나,

그러나 모든 방향에서 다가오는 그 애를 떠올리면 나는 한 가지 표정을 지녀야 할 것 같고 잔다리길이 놓이지 않은 수많은 거리들 어디까지 걸어야 할지 몰라

손은 주름진 방향까지 꼭 들어맞는다

들려줄 말이 있어 나 손에서 바통이 안 떨어져 트랙을 빙빙 돈 적 있어 그만해도 좋다며 선생이 공중에 총을 쏴

대는데 수백 마리 새가 떨어져 피에 물든 트랙이 점점 번지는 걸 보고는 질끈 감고 넓게 더 넓게 달리다가 담장을 넘어 버려서

잠깐 이거 봐, 날아가던 새가 걷고 있어

확신에 찬 그 애는 잔다리길로 돌아가고 이끌린 손을 잡고 걸었다 목소리가 들리지 않아도 손을 놓지 않았다 그러기에는 그 애 손이 너무 좋았다

반얀

지팡이로 푸른 타일을 누르자 문이 열린다. 여기서부터 따로 움직여야 해. 불을 켜려 하니 얀이 만류했다. 눈치챌 거야. 하지만 많이 떨리는걸. 얀은 끼고 있던 야시경을 내게 건넸다. 열까지 천천히 세고 앞으로 나아갔다.

바닥은 고르게 구겨져 있었다. 호일을 뚫고 자라난 바나나나무가 거대한 잎사귀로 잔가지를 가리고 있었다. 나는 떨어진 한 송이를 주워 들었다. 울음이 멎은 아기 냄새가 났다. 하늘은 이상하리만치 맑고 어두웠다. 그때 숲 저편에서 무분별하게 쏘아 올려지는 얀의 표식을 보았다.

수천 년간 나는 얀의 흔적을 찾았다. 몇 마리 개와 함께. 우리는 돌아가면서 잠을 잤다. 잠시 불을 피웠을 때 개들이 일제히 짖었는데, 돌아보니 각기 다른 부위를 입에 물고 있었다. 쓰다듬어 주기를 바라는 표정으로.

두꺼비들은 구겨진 바닥에서 집을 만들고 있었다. 흙을 덜어 내면서, 알을 쏟아 내면서. 이만 개의 낱눈이 주위를 경계했다. 나는 바나나에 단도를 박아 비틀었다. 고름이 흘러나왔다. 눈치 빠른 개들이 호일을 긁으며 다가

오고 있었다.

주인공

내 수업이니까 내가 주인공이라고요 그렇게 말하며 웃지 않았다 이게 웃기나요 그렇게 웃음이 많아 가지고 나중에 어쩌려고 그래 찻주전자를 털면서 잔에 비친 모습을 보았다 미래, 미래를 생각하면 헛구역질이 난다 그것이 다가온다는 생각이 사방에서 밀려온다 창문 좀 열지 그래요 오늘 주차한 자리는 마음에 들지 않았다 인근의 덩치 좋은 학생들이 우르르 달려가 창문을 열고는 돌아오지 않는다 그러라고 연 수업이었지 너희가 커서도 나 같은 사람을 기억해 줄까 싶었어 사람들은 창을 내고 창문 만들고 한참 뒤에는 방충망도 끼웠으니까 그보다 작은 것이 되기 위해 믹서기까지 주문했던 거야 이빨에 낀 찻잎을 혓바닥으로 끄집어내면서 이 표정이 주는 불쾌감을 나중에 어떻게 극복할 수 있을까 내가 하지 않으면 안 되는데…… 이것에 대해서 질문 없었고 궁금해하지도 않았다 간식 따위가 책상을 부지런히 돌아다녔다

불가코프에게서

봉투를 하나 얻었다

호그리우스 삽화가 통째로 등장하는 어느 경제학 도서
였다

이 이야기를 가족에게도 했더니

평소에 책 좀 읽지 그랬어

아주 약간의 지폐와 소년 서체 모음집이

있었단 말야

인간을 낱낱의 봉투라 여겼습니다

아무거나 막 먹으면 안 될 것 같은 나머지

미역을 끓여 놓고 겨우내 먹었지

한 척 배도 띄워 가지고

암초 불어 가며 후후 먹었던 거야

그러면 시간 잘 갔다

아아 갔습니다

교보문고의 야한 책들은 밀봉되어 있었고

그곳을 약속의 땅이라 부르던

거장과 서기장으로부터

작은 종이칼 손에 쥐고 불안에 떨며

누가 나를 부르지 않을까

인간들이 떠난 자리에 폭탄을 던졌습니다

알공퀸 파크

팻말을 본 사람은 이제 다 왔다 중얼거리고
팻말을 따라 읽으며 감회가 새롭다

본거지 없던 시절에는
어…… 그러니까
몇 살까지 장래 희망 가질 수 있냐고
허락을 구하는 눈치라면 내가 잘 안다

이제 와 어떤 클럽의 준회원이었다
관광버스가 늘어서자 그것을 크기순으로 정렬
배낭에 옷가지 복대에는 여권을 넣었다

설명이 많은 등산 코스는 낮은 산이 돋보이는데
이것도 저것도 사람
거대 동물의 똥과 뒤가 들린 발자국이며

괴로운 생각을 짜내면서
메이플의 탈주 경로를 생각하게
광역 힐이 핫도그를 훑고 가듯이
다 익은 숲속으로

침 흘리던 노인들의 두서없이 자란 결속력이여
노인의 일원이 되었습니다

눈 속의 시체들

—시 쓰기의 환영은 끝나지 않는다

이수명(시인)

1.

보르헤스의 「피에르 메나르, 돈키호테의 작가」라는 짧은 소설은 메나르라는 작가가 현대판 『돈키호테』를 저술하려 시도한 이야기다. 메나르는 다른 내용의 『돈키호테』가 아니라 바로 세르반테스의 『돈키호테』를 쓰려 했다. 세르반테스의 작품을 베끼려 했던 것이 아니고 똑같이 일치하는 작품을 쓰려 했다는 뜻이다. 이 과정을 통해 제작된 원고는 세르반테스의 것과 똑같을 것이다. 물론 이 무의미하고 집요한 계획은 완성되지 못하고 수천 페이지에 달하는 원고를 찢어 버림으로써 막을 내린다.

보르헤스가 메나르라는 인물을 통해 하려던 이야기는 무엇일까? 메나르는 왜 그렇게 쓸모없고 불가능해 보이는 이상한 일을 시도한 것일까? 메나르의 작업은 『돈키호테』의 17세기적 적절성이나 숙명이 20세기의 난잡한 몰이해로 이동하는 것에 대한 불가결한 확인에 지나지 않는다. 그는 실패할 수밖에 없다. 하지만 보르헤스는 글의 말미에서 "메나르는 새로운 기법, 즉 고의적인 시대착오와 그릇된 속성의 기교를 통해 초라하고 초보적인 독서법을 풍요롭게 했다"는 뜻밖의 결론을 이끌어 낸다.

　이 말을 선뜻 이해하기는 쉽지 않다. 아마 이런 것이 아닐까. 즉 17세기 세르반테스의 『돈키호테』는 (찢겨 사라지지 않았으므로) 완성된 것으로 보여도, 사실 그 이전 누군가의 『돈키호테』의 실패한 버전이다. 그리고 물론 그 누군가의 『돈키호테』 역시 더더 전의 『돈키호테』를 잘못 옮긴 것이다. 이전으로 올라가는 것뿐만 아니라 이후로 나아가는 것도 마찬가지다. 메나르의 실패한 『돈키호테』를 21세기에 누군가가 다시 가져다 쓸 것이다. 역시 실패하면서 말이다. 이 실패는 풍요로운 독서로, 창조와 개성으로 나타날 것이다. 문학은 이렇게 무익한 과정을 반복하는 것이며 이 반복은 무한하다. 문학은 이 연쇄를 멈추지 않는다.

　서호준의 시를 읽을 때 제일 처음 느껴지는 것은 이렇게 과거나 어느 먼 곳의 인물들이 21세기를 돌아다니는 것 같은, 메나르적 이격감이다. 17세기 인물이 20세기에 출동해 텍스트가 폭발하게 되는 메나르의 시도는 서호준의 시에서 기이하고 낯설게 나타나는 인물들이나 배경들에서 비롯되는 감정이기도 하다. 지금, 여기로부터 격해 있는 사건, 인물, 배경들이 시대와 지리를 종횡무진하여 들이닥치는 것이다. 그 폭과 거리, 정도가 과감하기만 해서 텍스트가 벌어지거나 폭발하는 것 같은 느낌, 혹은 한계가 확장되는 것 같은 인상을 받는다.

이 이격감을 몇 가지로 유형화해 볼 수 있다. 첫째, 역사 (적 형식)의 얼개를 띠고 실존 (여부와 상관없이) 인물이나 배경을 들여오는 경우. 대표적으로 「저수지」를 들 수 있다. 다섯 왕조의 시대에서 역사적·지리적·자연적 주요 사건들이나 황제, 장군 등 지도자들의 결단, 심리 상태가 장중하고도 시니컬한 어조로 묘사되고 있다.

관구검은 본래 영시성 사람으로 기골이 장대하고 키가 9척에 달했다. 또한 기마궁술에 능해 항시 수백 순의 화살을 지니고 다녔다고 한다. 관구검은 자신의 시야에서 무언가 빠르게 움직이는 것을 견딜 수 없어 했으므로 사람들은 그와 대면할 때 표정의 급격한 변화에 유의했다. 날짐승의 주검을 점선으로 이어 보면 그의 행로를 짐작할 수 있다.

—「저수지」 부분

이 독특한 인물은 중국 위나라 무장 관구검을 일컫는데 "시야에서 무언가 빠르게 움직이는 것을 견딜 수 없어 했"다는 특성이 재미있다. 하지만 더 재미있는 것은 이 인물이 역사 다큐멘터리의 일부처럼 무미하게 진술되고 있다는 점이다. 문학적 발화를 버린 문체라든가, 내용 면에서 현 시대적 맥락에 어떠한 내적 핍진성도 시도하지 않는 태도가 눈에 띤다. 「저수지」는 지금, 여기, 주체(자아)의 중력을 덜어 내 상대화하는 효과 외에 별다른 의도가 없다는 듯이 다른 역사 속 인물을 들여와 보여 준다. 「저수지」의 관구검뿐 아니다. 오스만 제국이나 중세 유럽의 분위기에 연원을 두고, 돔이 씌워져 있는 성이나 회랑에서 현대의 빗물 펌프장으로 자유롭게 회전되는 공간 속 자한(「마가렛 시가렛 우울한 농담」)이나, 리안이라는 지역을 중심으로 피의 역사를 통과해서 대관식을 기다리는 어느 왕조의 남매(「광휘의 특이점」)도 일종의 무의미한 역사(적 카테고리)에 속한다. 따라서 이들의 휘황한 등장은 역사 다큐도 아니고 시 속에 역사가 춤추는 것 같은 분방한 제스처에 가깝다. 과거(로 추정되는) 어느 페이지(에 있음 직한) 어느 한 줄을 자유자재로 줌인 줌아웃함으로써 역사가 시가 되어 버리는 어리둥절한 페이소스를 산출하는 것이다.

둘째, 만화나 게임의 서브텍스트가 깔려 있는 상황을 들 수 있다. 만화나 게임은 앞서 고대, 중세의 역사적 버전과 달리 거의 최근의 텍스트들이다. 따라서 이 풀에서 인물을 도입하는 것은 비록 배경은 그 이전일지라도 20, 21세기에 제작된 텍스트의 캐릭터들이 21세기의 시에 난입하는 것에 해당된다. 일본의 애니메이션 게임의 등장인물 아키코(「혼돈, 파괴, 망가」)나 RPG, FPS 게임류의 분위기를 풍기고 있는 마왕, 마법사, 얀 등의 인물과 행위들, 상황들이 눈에 띈다.

◎ 자동 항로 폐쇄

△ 현상 수배 전단지 회수

□ 묵인한다

그러면 나는 나의 대륙으로 서둘러 떠납시다

다시. 이것을 꼼꼼히 들여다보면 비밀 상점의 위치를 짐작할 수 있고 거기서 밤새 술 마시고 쏟았지 흔들리는 배에서 할 말은 아니지만요

—「최선과 최후」 부분

지팡이로 푸른 타일을 누르자 문이 열린다. 여기서부터 따로 움직여야 해. 불을 켜려 하니 얀이 만류했다. 눈치챌 거야. 하지만 많이 떨리는걸. 얀은 끼고 있던 야시경을 내게 건넸다. 열까지 천천히 세고 앞으로 나아갔다.

—「반얀」 부분

「최선과 최후」에서 ◎ △ □ 같은 신호어는 게임에서 다음 장면으로 이동하기 위한 선택적 지시어를 가리킨다. 이를 통해 "비밀 상점의 위치를 짐작할 수 있"다는 것으로 보아 그 선택의 적실성에 의해 다음 단계로의 이동 가능성을 나타낸 것이다. 비밀 상자는 이러한 설계에서 편의상 가정된 핵심이며 이 수수께끼를 중심으로 모험과 도전이 가능하도록 게임은 이루어져 있을 것이다. 대륙으로 떠난다든지, 밤새 술을 마신다든지 하는 행위들은 기계적 코드에 묻어 가는 것을 허용하는 패턴화된 감상이다. 「반얀」에서도 "지팡

이로 푸른 타일을 누르자 문이 열린다"에서 마술적 장면 이동이 나타나며, 화자가 얀이라는 캐릭터와 의견을 주고받으며 공조해 나가는 게임의 상황이 전개된다. 이러한 장면들은 모두 게임이라는 가공된 상황 내에서 펼쳐지기에 특수 제작된 현실이 출현하는 볼거리를 제공한다. 물론 이 새로 출현한 세계도 질서로 설계된 곳이며, 치밀한 디테일에 의해 기존의 현실을 증강시키는 착시를 가져다준다. 그래서 예의 현실의 경계를 희석시켜 곳곳에서 그 경계를 지탱하던 올이 풀려 버리는 느낌을 준다. 이러한 유의 시에서는 역사물/시가 아니라 게임+만화/시의 교호성이 일어난다. 장르들이 움직이는 것이다. 물론 우리는 장르들이 서로를 건드리고, 상호 불편한 접촉을 마다 않는 것이 시가 한 발 앞으로 나아갈 때면 늘 일어나는 일이라는 것을 시문학사를 들춰 보지 않아도 알 수 있다.

셋째, 어떤 텍스트에 의존하기보다 순수하게 가상의 인물을 창출하는 경우이다. 다음의 시를 보자.

슬픔의 왕을 죽이고 기쁨을 얻었다
잭슨 콕의 시대다
기쁨의 해장 라면 세트를
통째로 먹었다 눈치 안 보고
잭슨 콕이 계산해 줄 거예요
그렇게 말하고 여관을 빠져나왔다

시계탑은 어디 있지

광장 가득한 잭슨 콕의 깃발

한쪽은 찬탈자 잭슨 콕

다른 쪽은 해방자 잭슨 콕을 외치며

함께 기쁨을 누리고

소리 지르는 게 이렇게 황홀할 줄이야

밀론 강 근처의 구두 수선소를 전부 뒤지고서야

변장한 잭슨 콕을 찾아냈다

그러나 아직 해결할 일이 남았다고 했다

며칠 잠을 못 잤고

피 묻은 옷을 빨지 못했으며

무엇보다도 왜 자신이 아직도 슬픈지

이렇게나 슬픈데 자꾸만 잠이 쏟아지는지

(중략)

기념일이 되어 나는

필드의 우체통을 전부 뒤졌지만

잭슨 콕은 없었다 이번엔 무엇으로 변장한 걸까 밥은 잘

먹고 다니나

쓸데없는 걱정까지 생기는 걸 보니

은퇴할 때가 다 되었군

—「잭슨 콕 튜토리얼」 부분

'잭슨 콕 튜토리얼'이란 잭슨 콕 안내서, 지침서, 시스템 등으로 이해할 수 있다. 잭슨 콕이라는 인물은 무엇인가. 슬픔 위의 기쁨, 이것이다. "광장 가득한 잭슨 콕의 깃발"은 이 무명용사로 보이는 인물이 슬픔의 제국에서 기쁨을 탈취한 자가 되었음을 선포한다. 그는 그러므로 '찬탈자'이자 '해방자'이다. 하지만 이것이 전부가 아니다. 그는 '변장'을 하고 무언가 "해결할 일이 남았다고" 한다. 무엇인지는 모른다. 그는 완성된 자로 보이지만 그런 의미에서 미완된 자이다. 뒷부분에 가면 "잭슨 콕은 없었다"고도 한다. 존재를 취소하기도 하는 것이다. 잭슨 콕은 앞서 등장한 많은 인물이나 캐릭터들보다 흥미로운데 바로 어떠한 장르에서도 빌려 오지 않은 인물이기 때문이다. 특징화를 하면서도, '없었다'는 말로 바로 특징을 치워 놓기 때문이다. 찬탈, 해방, 변장이라는 말은 '없었다'는 말과 함께 공존하고 있다.

시인은 '잭슨 콕'이라는 가상의 깃발을 왜 광장에 꽂았을까. 썩은 광장에 썩은 깃발을 꽂는 것은 쓸모없는 일일 수 있는데, 혹은 아무도 없는 광장이어서 혼자만의 깃발을 꽂는 일이 마찬가지로 쓸모없는 일일 수 있는데, 왜 이러한 소용없는 일을 할까. 정작 잭슨 콕은 "며칠 잠을 못 잤고/피 묻은 옷을 빨지 못했으며" "무엇보다도 왜 자신이 아직도 슬픈지/이렇게나 슬픈데 자꾸만 잠이 쏟아지는지" 횡설수설한다. 선언적이면서도 퇴락한 광고물처럼 보이는 이 장면이 시에 대한 거의 고백으로 느껴지는 것을 이쯤에서 부정할 수는 없다. '잭슨 콕'과 깃발은 시의 사라진 위용과

만용과 고립과 망상과 고단을 고스란히 보여 주고 있는 서
호준 식의 풍유인 것이다. 깃발은 영광의 흔적이자 부용함
의 선언이다. 그리고 잭슨 콕이 '없었다'고 하듯이 시의 영
광과 시의 무용함도 이제 눈에 보이지 않게 될 것이다.

　잭슨 콕의 자조적인 성분을 위시하여 시에 등장하는 인
물들, 캐릭터들은 상이한 힘으로 자신의 이질성을 유지한
채 시에 부딪친다. 그의 시는 파괴와 공존이 타협하지 않기
에 특정한 영토로 수렴되지 않는다. 시가 일정한 바운더리
없이 펼쳐지는 것은 이 때문이다. 중요한 것은 이러한 넓이
가, 확장이 시에 대한 그의 모험을 증거한다는 점이다. 존
재와 세계의 이질적 대면을 위해 시대와 역사, 출처를 막론
하고 불려 나온 인물들이 그의 시를 빼곡히 채운다. 어쩌면
모험은 크기에 다름 아닐지도 모른다. 다양한 곳에서 호출
된 만큼 그들이 움직이는 범위가 모험의 크기이자 곧 시의
크기가 되는 것이다. 시는 의구심에 아랑곳없이 확장된다.
그리고 여기서 생각해 보아야 할 것이 있다. 그의 자아는
어쩌면 이 출몰하는 용병(?)들(과 연결되어 있는 것이 아니라) 사
이에 있을지도 모른다는 점이다. 불시착한 캐릭터들이 투
입되어 돌아다니는 그 주변에서 자아는 자신의 부재를 즐
기는 것처럼 보인다.

2.

　서호준의 시는 이렇게 문학을 멀리까지 가져가 보는 모
험을 포기하지 않는다. 다양한 서브텍스트들이 들어오도

록 시를 열어 놓는 것은 어느 경우에도 모험의 한 방식일 수 있다. 시가 왜 역사나 지리서, 만화나 게임과 분리되어야 하는가. 시는 어떤 점에서는 게임의 한 부분일 수도 있지 않을까. 이와 같은 생각을 해 보는 것은 시의 기본적인 체질을 흔들어 보일 수 있다.

그리고 여기서 놓치지 말아야 할 것이 있다. 이러한 과정을 통해 그의 시가 (살아 있는 시라면 마땅히 해야 하는) 변방적 활력을 추가하는 데 그치지 않는다는 점이다. 그가 캐릭터들을 내세우는 것은 장르적 충돌 외에도 시 안에서 일종의 화학 반응을 불러일으킨다. 바로 효과적으로 자아를 훼절하는 것이다. 이것이 비슷하게 하위문화를 시에 들여왔던 그의 선배 시인들과의 차이라 할 수 있다. 그동안 몇몇 시인들의 시에 도입되었던 만화나 영화 캐릭터들이 자아의 감정이나 특성, 운명을 대변하는 웅변적인 특성을 지닌 것이었다면 서호준의 캐릭터들은 오히려 자아를 담당하지 않기 위해 복수화되고 이격되어 존재하는 모습을 보인다. 이 대리물들은 자아와 절연된 듯이 보이며, 따라서 자아는 이들에 어른거리지 않고 멀찌감치 떨어져 있거나 상황을 냉소하는 듯 보이기도 한다. 이러한 분리, 훼절은 당연하게도 그의 서브텍스트 도입을 차별적이고 변화된 지형으로의 이동으로 만들어 준다. 그의 시가 넓고 차갑고 발랄해 보이는 것은 이 때문이다.

또한 이것이 전부는 아니다. 그의 시에는 이와 전혀 다른 세계가 있다. 서브텍스트, 간텍스트들을 들여오지 않고 화자(자아)가 직접 투시하고 맞닥뜨리는 모습을 보여 주는 세계다. 문학을 모험으로 이동시키는 것이 아니라 문학에 바로 마주 서는 세계다. 시를 관통하려는 그만의 불굴의 자세가 여기에는 숨어 있다. 그리고 아마도 문학에의 모험이라는 것도 이러한 유니크한 자세와 일정 부분 연동되어 있을 것이다. 물론 괴물 같은 시를 상대하기 어려운 까닭에 침투의 한계는 처음부터 예정되어 있을 터이다. 그럼에도 이 과정에, 마치 돌파하고자 하지만 자아가 돌파의 불가능과 모순을 직면하고 마는 순간에, 역설적으로 시의 파괴력이 들어 있는지도 모른다. 인상적인 세 편의 시를 살펴본다. 세 편 모두 시와 시 쓰는 일에 정면으로 돌입해 들어가는 시이다.

꿈의 복판에 부패하는 새우들과 누워 있다
전복이 해파리처럼 몸을 부풀리는 것을 다 함께 보며
선생은 저 장면을 쓰라고 했다 죽음으로부터 달아나려는
그것은 색이나 모양 따위가 아니라고 단언했다 심해에서
빛을 보는 건 기적이라고
손에 잡히는 새우를 먹으라고 했다 날것 그대로 씹으면
기운이 솟아날 것이다
그는 위대한 물리학자이자 해양 생물에 조예가 깊은 독신자
강림하면서
연단을 내려오지 않는다 물속에서도 파도를 느낄 수 있습니다 그러나

그것은 파도가 거느린 수많은 하부 조항 중 하나겠지요
—「커브 온 더 락」부분

「커브 온 더 락」은 무엇을 쓰는가에 대해 이야기한다. 시는 무엇을 쓰는가. "죽음으로부터 달아나려는" 것을 쓰는 것이라 한다. 이 선언적으로 보일 수도 있는 것을 존재론적으로 구부리기 위해 시는 어떻게 달아나는지에 대해서도 선명하게 보여 준다. "전복이 해파리처럼 몸을 부풀리"듯이 존재를 과도하게 부풀리는 것이 그것이다. 존재의 팽창에 대한 이야기다. 죽음에 포획되지 않기 위해 존재를 팽창시키는 것, 이것은 전술이라기에는 무분별하고 낭비적으로 보일 수 있다. 그러나 바로 그 비경제성 때문에 실질적인 전술이 될 수도 있다. 효율과 목적에 부합하는 전략은 효율과 목적 속으로 사라진다. 비목적적으로 보이는 외연의 팽창이 죽음으로부터 달아날 수 있는 구체적 방식일 수 있는 것이다. "부풀리는"과 "달아나려는" 두 말은 이러한 문맥에서 같은 것으로 이해되고, 이것은 전복뿐 아니라 우리들의 이야기이며 시의 이야기이다. 이 두 단어는 서호준 시의 외관에도 잘 닿아 있다. 그에게 팽창은 모험이고 확장이며 바로 살아 있음의 명상에 다름 아니다.

"몸을 부풀리는 것" 외에 죽음으로부터 달아나는 또 다른 방법은 새우를 날것으로 먹는 것이다. "손에 잡히는 새우를" "날것 그대로 씹"는 즉물성에의 양도다. 직접적이고 감각적인 내통만이 죽음을 벗어나는 길이라는 말이다. 즉

비유 없이 씹고 삼켜야 한다. 하지만 이것은 대단히 어려운 일이다. 물성은 인간화되지 않는 세계이며 인간이 붙잡을 수 없기 때문이다. 붙잡았을 때는 이미 물성이 아니다. 새우를 익히거나 (비유로) 가공했을 때, 그것은 새우의 물성이라기보다는 인간에게 허용된 양식화된 새우라 할 수 있다. 이것은 사물들이 죽음 쪽으로 접어드는 방향이다.

팽창과 물성의 세계는 포획을 벗어나는 길이라는 것을 「커브 온 더 락」은 보여 주고 있다. 죽음으로 들어서지 않을 수 있는, 추상이나 비유의 죽음으로부터 벗어날 수 있는 방식이다. 이 생각은 자명해 보이기도 한다. 그러나 시는 해결을 제시하기보다는 스스로 모순 위에서 뒤척인다. 아이러니하게도 죽음으로부터 달아나기는커녕 화자는 처음부터 "부패하는 새우들과 누워 있"는 것이다. 이것이 자아의 실존적 상황이다. 죽음과 함께 있으면서 동시에 죽음으로부터 달아난다? 이것이 가능할 것인가? 어쩌면 시는 죽음에 묶여 죽음으로부터 달아나려는 명상에 지나지 않는 것일까.

역사물리학을 공부하겠다고 찾아온 학생이 노크도 하지 않고 들어왔다 문 앞에 서는 것만으로 첫 번째 문이 열리자 무심결에 문턱을 넘었다 연구실은 역사물리학 서적과 실험체들로 가득해 철골을 헤치며 걸어야 했다

나를 극존칭으로 부르는 것 같았는데 동시에 역사물리학

이라고 또박또박 발음하기도 했다 가동 중이던 시설이 정지
하자 학생은 두 번째 문이 불안정하게 부유하고 있다는 사
실을 믿음으로 메우려 노력했다 그것 역시 느껴졌다

　학생은 대체 어떻게 이 문을 열 수 있는지 물었고 나는
어떤 원리로 여는 것을 선호하느냐 되물었다 손을 흔들자
문이 열렸고 학생이 들어가려 하자 순식간에 문이 닫혔다
오늘은 여기까지 하죠

　그러나 학생은 입술을 문 채 스프린트를 반복했다 주기
가 짧아지고 있었다 김이 모락모락 솟았고 과부하로 스파크
가 튀었으며 문은 불타올라 곧바로 전소되었다

　몰아쉬는 숨소리와 날아오른 재가 연구실을 망연자실 뒤
덮었다 이것도 실험의 일부입니까 학생은 잿빛 표정으로 노
려보며 말했다 나는 모니터에 내려앉은 학생의 파편을 털어
내고만 있었다 묵직한 경보음이 짧은 주기로 울려 퍼졌다
　　　　　　　　　　　　　　　　　　　—「역사물리학」 전문

매우 드라마틱하게 전개되고 있는 「역사물리학」은 문학
에의 입문을 떠올리게 하는 시다. 화자가 문을 가리켜 보
이는 것이 강렬하게 시선을 환기한다. 첫 번째 문과 두 번
째 문이 있다. 이 구별이 흥미롭다. 우선 첫 번째 문. "문
앞에 서는 것만으로 첫 번째 문이 열리자 무심결에 문턱을

넘었다"에서는 두 가지 이야기를 하고 있다. 문 앞에 서면 문이 열린다는 것이고, 이 문턱을 무심결에 넘었다는 것이다. 이 문을 시의 문으로 생각해서 어색할 것은 없다. 시가 문이라면 시 앞에 서는 것이 모든 것이 된다. 시 앞에 서야 문이 열리기 때문이다. 가장 충족적이고 불가결한 전제이다. 그리고 문이 열리면 시의 영토 안으로 들어서는 것이다. 이 첫 번째 문은 시의 발견과 진입을 암시하는 것으로 보인다.

두 번째 문은 약간 다르다. "두 번째 문이 불안정하게 부유하고 있다는 사실"부터 불안하게 느껴진다. 첫 번째 문은 다분히 개인적인 것일 수 있다. 시의 직시, 직면에 의한 진입으로 보이는데 이에 비해 두 번째 문은 "어떻게 이 문을 열 수 있는지" "어떤 원리로 여는 것"인지 하는 방법의 문제로 전환된다. 질문을 두 사람이 주고받는 것으로 보아 방법은 구체적이고 (철학적일 수도 있지만) 사회적인 것으로 생각된다. 즉 첫 번째 문이 자동적인 것이라면 두 번째 문은 조건적인 것이다. 조건을 선택하거나 충족해야 들어갈 수 있는 문이다. 또한 "손을 흔들자 문이 열렸고 학생이 들어가려 하자 순식간에 문이 닫혔다"와 같은 구문은 조건을 따라가도 거부당할 수 있음을 시사한다. 어떤 이유에선지 들어서려 하면 문이 닫혀 버리는 것이다. 개인의 의지와는 무관한 작동이다. 특이한 것은 "김이 모락모락 솟았고 과부하로 스파크가 튀었으며 문은 불타올라 곧바로 전소되었다"는 점이다. 문이 전소되는 이유를 짐작하기는 쉽지 않다. 어느 것이든 과부하가 걸리면 불타고 소멸할 수 있다. 그러나 학생이 들어서려 하자 문이 닫히고 불타 버리는 장면은 미스터리하다. 학생은 영원히 문 안으로 들어설 수 없게 되었기 때문이다. 이런 일은 왜 발생하는 것일까. 요컨대 두 번째 문의 조건적이고 닫혀 버리고 불타 버리는 상황을 해명하기는 쉽지 않다. 이것을 얼핏 시의 폐쇄된 역사나 제도를 뜻하는 것으로 생각할 수도 있을 것이다. 그렇다면 이 시는 문학의 자리에 대한 날카로운 풍유가 아닐까. 역사나 제도는 한 사람, 한 사람을 들이는 곳이 아닌지도 모른다. 그 한 사람, 한 사람 앞에서 닫히는 것으로 존재하는 것이 더 그럴듯해 보인다. 따라서 이런 (닫힌) 상황에서 문을 재로 만들어 버리는 것은 역사물리학자라기보다 차라리 닫힌 문 앞에서 분노한 학생 자신인지도 모른다.

한 켤레의 팔이 다가온다. 입석밖에 없어 힘들었습니다. 벽에 기대고 있자니 자꾸 팔짱이 껴지더군요. 씨씨티비가 된 기분이었달까요. 나는 그가 말하려는 것을 떠올린다. 열차 밖에서. 열차는 칸마다 고유한 냄새를 지니고 있습니다. 그는 도시의 이름이 적힌 간판을 향해 팔을 흔들며 유일한 사람처럼 걸어왔을 것이다. 업무적으로. 여기는 부산이, 샌프란시스코가 아니다. 울란바토르도 아니다. 철새가 찾아드는 도시가 아니다. 고향이 서울이라는 말은 아무래도 이상하다. 그는 첫눈을 본 표정으로 내 손을 잡는다. 그러나 ㄱ가 나오는 대목은 더 넣지 않기로 한다. 대신, 그의 시체를 치우

는 장면에서 이 이야기는 다시 시작한다. 시체 위에 눈이 고
스란히 쌓여 그가 직접적으로 등장하지는 않는다. 다시. 나
는 눈 무더기 앞에서 눈을 쓸고 있다. 동네에 이런 눈 무더
기는 군데군데 있다. 배가 부른 흑곰은 남은 하반신을 눈 속
에 파묻어 두고 새로운 먹이를 구하지 못할 때 다시 찾아온
다. 어떻게 눈 무더기를 구별하는지는 알려진 바 없다. 어쩌
면 흑곰은 지독한 시인일지도 모른다. 손을 놓은 우리는 우
리의 눈 쌓인 시체일지도 모른다. 그러나 팔 톤짜리 제설차
가 세상을 지배한다 해도 무너진 담장 앞에서, 바닥을 짚은
손가락 사이사이의 눈 치우는 일은 끝나지 않을 것이다.

—「출장」 전문

「역사물리학」이 두 개의 문으로 문학에의 진입과 패퇴를
이야기하고 있다면, 「출장」은 「역사물리학」의 첫 번째 문을
넘어선 자가 마주한 고독한 시 쓰기 양상을 보여 준다. 시
쓰기는 시체를 치우는 일이다. 모든 것이 결국 시체가 되
고, 처음부터 시체인지도 모르기에, 시가 시체에 손을 대
는 것은 시의 운명일 것이다. 구체적으로 시체가 열차에서
만난 '그'이든, 바로 자기 자신이든("우리는 우리의 눈 쌓인 시체
일지도 모른다"), 그 누군가가 되었든, 시는 그 죽음을 엄호하
고 사라지게 도와주어야 한다. 시체가 미학적으로 방부 처
리된 세계 내 존재를 대리하는 이미지로 나타나는 것은, 시
체를 덮는 눈의 무망한 무한함과 잘 어울린다. 우리는 눈에
의해 모두 끝없는 시체들이 되는 것이다. 개별적인 시체가

아니라 시체군으로 말이다. 시체와 눈은 이렇게 어우러지고 매한가지가 된다. 문맥상으로도 "시체 위에 눈이 고스란히 쌓여" 시체를 치우는 일이 눈을 치우는 일로 옮겨 간다. 이 연동은 병렬적이고 소환적이다.

시체에서 눈으로의 묘사의 이동은 시각적 효과를 더해 주면서 동시에 개인적 시 쓰기에 대한 암시를 던져 준다. 먼저 제설차의 등장과 움직임이 후반부를 작동시킨다. "팔톤짜리 제설차가 세상을 지배"하는 것에서 제설차가 눈 덮인 세상을 뚫고 지나가는 모습이 연상된다. 하지만 제설차의 지배와 대조적으로, "바닥을 짚은 손가락 사이사이의 눈 치우는 일은 끝나지 않을 것"이라는 구절이 바로 이어져 있다. 거대한 제설차의 작동과 다른 차원에서 손가락 사이의 눈을 치워야 하고, 그것은 그렇게 구체적이고도 미시적으로 수공업적인 일이고, 끝이 없는 일이고, 문학은 끝나지 않을 것이라는 중얼거림이 들려오는 듯하다. 시는 제설차에 맡겨 버리지 못하는, 무력하고 헤어날 길 없어 보이는, 망막한 눈 치우기일 것이다. 「역사물리학」의 첫 번째 문을 들어섰을 때 깨닫게 되는 시 쓰기는 이런 것이 아닐까. "끝나지 않을 것"이라는 예감, 끝나지 않는 눈 치우기, 그 눈 속에 들어 있는 시체들에 대한 감각은 그렇게 날카롭고 또렷하다. 생각해 보면 명료한 일이기만 하다. 왜 눈을 치우는가. 눈이 있기 때문이다. 왜 눈을 치우는 일이 끝나지 않는가. 시 쓰기의 환영이 결코 끝나지 않기 때문이다.

3.

베토벤 최후의 피아노 소나타 32번을 들을 때 떠올랐던 생각이 있다. 두 악장으로 이루어진 작품은 멈추지 않는다는 것이다. 대면하되 마주치지 않고, 마주치되 물러나지 않는 것이 있다면 이런 것일 터이다. 궁극의 세계에 대해 생각하는 법을 잊어버린 지 오래되었는데, 두 악장의 병치가 불현듯 궁극의 가능성을 떠올리게 해 주는 것이 새삼스러웠다. 두 방향 자체가 그렇게 불완전하고 자유롭고 다른 추구를 서슴지 않는 것이다. 베토벤 소나타의 경우 1악장은 엄격한 투지를 늦추지 않지만, 2악장에서는 감각만이 남더니 이윽고 휩쓸고 지나가는 광인의 중얼거림 같은 것이 나타나고 말아서 사람을 아연케 한다.

서호준의 시는 장면의 회전이 급격하고 칼로 벼려 낸 것 같은 냉혹한 이미지의 짧은 시에서부터, 다양한 버전에서 튀어나온 캐릭터들의 (변형된) 현대판 무협지를 방불케 하는 산문적 전개에 이르기까지 넓은 스펙트럼을 가지고 있다. 여러 종류의 시도와 모험과 직면과 관철을 보여 주는 활성적 텍스트라 할 수 있다. 확산과 집중, 이동과 복귀, 이반과 조준, 냉소와 명랑 등 여러 상반된 힘들이 어우러져 있다. 이 글은 이 중에서 확산과 집중에 초점을 맞춘 읽기를 시도해 보았다. 서브텍스트들을 들여와 시를 펼치고 외연을 확장하는 것, 그리고 시에 대한 물음과 쓰기에의 내파가 그것이다. 이 둘은 마치 다른 방향으로 이루어진 음악의 두 악장 같은 느낌을 준다. 그리고 두 악장의 전개 사이로

얼핏, 다음과 같은 날카로운 한 컷의 시적 실존이 보인다.

> 분수광장에 사람이라곤 나
> 하나밖에 없었다
> 숨어서
> 보고 있었다
>
> —「던전이 있던 자리」 부분

「던전이 있던 자리」의 마지막 부분이다. 던전은 어디일까. 왜 분수광장에는 "나/하나밖에 없"는데 굳이 "숨어서/보고 있"을까. 광장은 어떤 기억이나 사유의 자리 같다. 사람들을 들이지 않고 혼자 있는 듯 보이기 때문이다. 혼자만의 글쓰기 공간일 수도 있다. 그렇다면 이 분수광장이 던전인가. 특이한 것은 이 공간에 있는 자신을 숨어서 바라보는 또 다른 자신이 있다는 점이다. 이번에는 숨어 있는 자의 모습도 위치도 자리도 보이지 않는다. 그 자리는 광장같이 드러나 있지도 않다. 그러면 숨어 있는 자의 보이지 않는 자리가 던전일 것인가. 시 쓰기는 어디서 비롯되는지 알 수 없는 일이다.